가리키다 vs 가르치다

낯다 vs 낳다 vs 낫다

업다 vs 엎다 vs 없다

~던지 vs ~든지

짚다 vs 집다

한창 vs 한참

어떡해 vs 어떻게

매다 vs 메다

붙이다 vs 부치다

반듯이 vs 반드시

일상에서 일어날 수 있는 상황 속 다양한 사람들의 반응 모습을 공감가는
스토리와 영상으로 재구성하는 크리에이터이자 대한민국의 아빠입니다.
유형툰과 공감툰의 상상력 넘치는 스토리는 모두의 마음을 대변하며,
이무이와 거꾸로 시리즈의 배꼽 빠지는 개그는 모두에게 유쾌함을 안겨 주고
있습니다.

어린이들에게 소개하고 싶은 이야기에 상상력과 재미를 불어넣습니다.
작품으로는 〈메이플 홈런왕〉, 〈블록 삼국지〉, 〈야생의 땅 듀랑고〉, 〈LIVE 과학 시리즈〉,
〈신비아파트 공포 생존 탈출〉, 〈웃소〉, 〈문방구TV 코믹툰〉 등이 있습니다.

개성 있는 그림체와 섬세하고 재미있는 연출로 독자들에게
새로운 즐거움을 주고자 해요.
펴낸 어린이책으로는 〈얼음나라 에쿠〉, 〈KBS 위기탈출 넘버원 1~27〉,
〈퀴즈! 과학상식〉 시리즈의 〈공격·방어〉, 〈SOS 생존 과학〉, 〈최강 개그 과학〉,
〈문방구TV 1~2〉, 〈과학 호기심 해결사 사물궁이 1~3〉 등이 있습니다.

1판 1쇄 인쇄 2025년 1월 24일   1판 1쇄 발행 2025년 2월 18일
원작 문방구TV   글 박동명   그림 차현진   발행처 ㈜서울문화사   발행인 심정섭
편집인 안예남   편집장 최영미   편집 허가영, 이수진   디자인 이혜원
브랜드마케팅 김지선, 하서빈   출판마케팅 홍성현, 김호현   제작 정수호
출판등록일 1988년 2월 16일   출판등록번호 제2-484   주소 서울특별시 용산구 새창로 221-19
전화 (02)791-0708(판매), (02)799-9186(편집)   인쇄 에스엠그린
ISBN 979-11-6923-383-5 74800

등장인물

문방구

맞춤법 파괴자.
올바른 맞춤법을 배우기 위해
친구들과 여행을 떠난다.

토끼야

잘난 척 세계 1등.
늘 자신감이 넘치지만
실력은 방구와 비슷하다.

새싹이

지구를 사랑하는 평화주의자.
책을 읽는 것보다
베고 눕는 것을 좋아한다.

시바견

솔직한 프로 팩폭러.
털털한 성격 때문에
친구들을 깜짝 놀라게 한다.

차례

문방구TV

1장

헷갈리는 맞춤법

#01 설거지 vs 설겆이

난 깨달았어.

심각

왜 심각해?

방구는 늘 그렇다, 왈.

설겆이를 할 때 고무장갑을 안 끼면 손이 엄청 아파!

까악

둥

효자 되기 어려워….

기준이 너무 낮은 거 아냐?

그것보다 방구는 맞춤법을 먼저 공부해야겠다, 왈!

그때는 맞았는데 지금은 틀려?

내가 맞춤법 파괴자라니!

우리 가족이 맞춤법을 파괴하고 있었다고?

아님.

방구야, 진정해!

그래, 우리가 도와줄게.

귀찮아서 싫다, 왈.

뿌웅

걱정 마, 얘들아. 나쁜 생각은 방귀에 실어 보냈으니까.

난 맞춤법을 배우기 위해 여행을 떠날 거야!

다 같이 가자!

빠바

밤

말로 해라, 왈….

구리

구리

설겆이가 아니라 설거지! 벌써 하나 배웠어.

좋긴 뭐가 좋아!

시작이 좋은데?

한 번 더 낄까?

아냐, 아주 좋아!

#02 찌개 vs 찌게

근데 맞춤법 여행은 어디로 가?

가자고 한 사람이 알겠지. 도서관? 학교?

….

으으, 그게…. 그러니까…. 어디로 가지?

방구가 고장 났다, 왈!

뭐야! 아무 생각도 없었어?

씰룩

씰룩

방귀를 뀌려나 봐! 일단 막아!

14

찌게는 틀렸어.

이게 맞는 표현이라고!

찌개 ⭕
찌게 ❌

그릇에 국물과 채소, 고기, 여러 가지 양념을 넣어 끓인 음식.

아, 그래? 몰랐다, 왈.

배불러.

나만 빼고 너희끼리 다 먹었어?

텅 텅

끼야 덕분에 배웠네.

맞춤법 여행 한다면서….

두고 보자, 문방구.

꼬륵~ 꼬르륵

17

#03 베개 vs 배게

아냐.

난 그냥 개집이라 싫어.

뭐?

베개 O
배게 X

잠을 자거나 누울 때 머리를 받치는 물건.

배게가 아니라 베개다, 왈.

쿠충

내가 틀렸다고?

털썩

그럴 리 없어….

끼야가 납작해.

맞춤법은 무서운 거구나.

내가 방구랑 같은 수준이라니 말도 안 돼.

….

빌려줄까, 왈왈?

필요 없어!

#04 송곳니 vs 송곳이

생각해서 준비한 건데 너무해!

싫으면 그만둬!

왈 왈 왈

아, 삐졌다.

툴 툴

그러게. 완전 삐졌어.

저기, 내가 미안한 것 같아.

그치만 베개가 없었잖아. 네가 준비를 덜 한 건데 삐지면 안 되지.

빠바직

주절 주절

22

충치다!

맛!

봐, 봤냐, 왈?

응, 송곳이에 충치가 있던데?

방구야, 또 틀렸어.

송곳니 ⭕
송곳이 ❌

앞니와 어금니 사이에 있는 뾰족한 이.

이제 알겠지? 송곳니가 맞아!

바견아, 썩은 송곳니로 물면 네가 더 아파.

무시하지 마!

획

24

왠지 vs 웬지

바견이도 괜찮아졌으니까

이제 맞춤법 여행을 떠나도 될 것 같아!

참 오래도 걸렸다.

방구야, 그럼 어디로 가?

배움을 원하는가?

불쑥

그럴 땐 고민하지 말고 언제든 학교로 오렴!

하하하하

학교요?

거길 왜 가요?

투덜

투덜

얘들아….

학교에는 도서관이 있단다. 너희들이 알고 싶은 걸 다 찾을 수 있지!

이해하지 못하셨군요.

절레절레

응?

학교에 두 번 가는 기분이라 싫어요.

!

그리고 오늘은 웬지 불어오는 바람을 느끼며 여유를 즐기고 싶고요.

후후

맞춤법 여행 간다면서.

게다가 맞춤법도 틀렸단다.

전 방구처럼 맞춤법 안 틀려요.

네가 틀렸으면 학교에 같이 갈 거니?

하루에 학교를 두 번 가는 건 싫어….

음….

그리고 난 맞춤법을 잘 안다고.

좋아요!

대신에 제가 학교에 안 가도 엄마한테….

두

왠지 ⭕
웬지 ❌

'왜인지'를 줄인 표현.
'왜 그런지 모르게',
'뚜렷한 이유도 없이'
라는 의미.

둥

이런 의미일 때 '왠'을 쓰고 나머지는 '웬'으로 쓰지.

겨우 한 컷만에 틀리다니….

우울

엄청 빨리 틀렸어!

1초 아닐까?

#06 거야 vs 꺼야

모처럼 아주 좋은 질문이구나.

너희가 찾을 건 전설의 맞춤법 책인 〈당신도 할 수 있다 맞춤법〉!

당신도 할 수 있다 맞춤법

짜자잔

전설의 맞춤법?

그런게 있었냐, 왈!

저 책만 있으면 돼!

근데 끼야, 유명한 책이야?

몰라? 놀라야 할 것 같았어.

진지근엄

이제 맞춤법을 잘할 수 있을 꺼야.

잡았다!

?

'꺼야'라니!

앗, 죄송….

갑자기 왜 그래?

거야⭕
꺼야❌

'것이야'를 일상적으로
표현한 말. 발음과 달리
'거야'가 올바른 표현.

잘 봐! '꺼야'라고
하면 안 돼.
올바른 맞춤법을
써야지!

다 너를
위해서야.

말로 해도
되잖아….

#07 곰곰이 vs 곰곰히

이렇게 많은 책을 본 건 처음이다, 왈.

머리 아프고, 속도 안 좋고…. 글자가 너무 많다, 왈….

앗! 저건 공부하기 싫어 증후군!

휘청

그렇게 몸이 약해서 어떡하니?

학생이 쓰러지면 걱정해 줘야죠!

끼잉…

싹이를 보렴.
벌써 세 권이나
골랐잖아.

그렇게
많이
보려고?

싹아, 너
어디 아파?

내가 곰곰이
생각해 봤는데
책은 좋은 거였어.

뭐?
곰곰이?

싹아, '곰곰이'라니!
이럴 때는 '곰곰히'라고
하는 게 맞아.

책을 많이 보면
안 좋은 거구나.
그럴 줄 알았어!

곰곰이 ⭕
곰곰히 ❌

깊이 생각하는 모양.
낱말 뒤에 '~하다'를
붙인 말이 없으면 '이',
있으면 '히'가 맞는 표현.

'곰곰하다'가
없으니까
'곰곰이'란다.

아는 척했는데
틀렸다니.

너무
창피해!
어떡하지?

포기할까?

왜 저래?

아니야!
포기 안 해!

번뜩

나도 싹이처럼
책 많이 읽고

똑똑해질
거야!

#08 금세 vs 금새

선생님, 그 책 못 찾겠어요.

분명히 봤는데 어디 갔지?

오음...

방구야, 끼야, 너희도 누울래?

악마의 속삭임!

누우면 아주 편하고 좋아.

빙글

조금만 쉬고 다시 하자, 왈왈.

그, 그만 둬!

빙글

잠깐만 누울까?

친구가 열심히 하면 도와야지!

쩌렁

그렇게 방해하면 되겠어?

죄송합니다….

깨 갱

선생님도 조용히 해 주세요.

죄송합니다.

방구야, 미안.
나도 이제 열심히
돕겠다, 왈.

고마워!

근데, 진짜 조금만
더 쉬고….

돕는다며!

저렇게 금새
의지가 무너지다니!
어휴!

또 틀렸다, 왈.
금새가 아냐.

그럴 리 없어!
난 계속 열심히
노력하고 있단 말이야!

그래도 틀린 건
틀린 거다, 왈.

40

#09 깨끗이 vs 깨끗히

드디어 책을 찾았구나!
열심히 공부하면
당신도 맞춤법 박사!

척

그러니
난 이만!

쌔앵

선생님이
도망간다!

우리를 버렸어!
너무하다, 왈!

내일 교실에서
방귀 뀔 거야!

그건 좀….

도서관에서는
조용히 하라고
했지요?

부글
부글

그래서 안 본다고, 왈왈?

으으….

맞춤법을 잘하고 싶으니까!

참을 거야!

글자가 다 지워졌잖아!

타

악

그건 미안하다, 왈.

바견이 너! 너 때문에 책이 망가졌잖아!

오 르 르 르

미안하다고 했다, 왈.

그게 미안한 사람의 태도야?

내가 일부러 그런 것도 아닌데 왜 화를 내냐, 왈왈!

얘들아, 싸우지 마. 사이좋게 지내야지.

쟤네 또 싸울 줄 알았어.

씩 씩

!

방귀 준비 자세다!

빙 굴

빨리 화해해! 이러다 진짜 낀다고!

흥! 난 아까 사과했다, 왈.

그리고 나도 숨겨 둔 무기가 있다, 왈왈.

두둥

뭔데?

궁금해하지 말고 말리기나 해!

힘든 건 중간에 낀 우리란 말이야.

고오오오

앗, 맞다! 싸우지 마!

결국 잘못을 인정하지 않는군.

잘 가라!

뿌우우웅

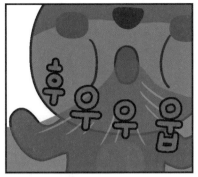

트림 ⭕
트름 ❌

먹은 음식이 소화되지 않아 생긴 가스가 입으로 나오는 것.

트림이 표준어야!

아, 그래? 몰랐다, 왈.

뚝

쿠르르르르

으악, 냄새!

푸시시..

분하다, 왈….

털썩

정의가 승리했어!

뭐가 정의야?

슈욱 우우

#11 바람 vs 바램

전교 1등 안땡땡?

같은 반이지만 존재감 없는 안땡땡이야!

설명이 너무해….

그런데 네가 어떻게 도와?

맞춤법을 배우고 싶어 한다면서?

뒤적

뒤적

그래서 우리 집 보물인 맞춤법 모자를 가져왔지!

이 모자를 쓰면 맞춤법을 절대 틀리지 않아!

맞

빠

밤

진짜?

그런 모자가 있다고?

거짓말 아냐? 못 믿겠다, 왈.

그래?

너희가 찾은 책이랑 바꾸려고 했는데, 싫으면 할 수 없지. 공부 열심히 해!

빙글

책은 바견이 침 때문에 지워졌어.

그 책을 모자랑 바꾼다고? 모자는 쓰기만 하면….

삐리릭 삐리릭

땡땡아!

너의 제안을 받아들일게! 책은 여기 있어!

그래, 좋아! 모자는 여기!

그럼 난 이만!

앵 빠

잘 가!

땡땡이를 속인 건 미안하지만, 이런 아이템은 놓칠 수 없지.

맞춤법을 잘하고 싶다는 바램이 이제 이뤄지네!

척

오뚝이 vs 오뚜기

맨날 틀리기만 해. 이제 지쳤어.

난 평생 맞춤법을 틀리면서 살겠지?

방구야.

추

욱

맞춤법 좀 틀린다고 큰일이 생기겠어? 괜찮아!

끼야.

맞춤법을 틀리는 어른이 되어도 계속 괜찮다고 해 줄 거야?

어두운 미래는 알고 싶지 않아!

바견이의 회상은 실패했다.

부끄럽다, 왈.

고마워, 바견아.

난 뭘 한 게 없다, 왈.

아냐. 넌 내게 우정의 힘을 줬어!

날 이렇게 응원하는 친구를 위해

좌절하지 않고 오뚜기처럼 일어나겠어!

너희 우정이 감동적이긴 한데….

그게…. 그러니까….

왜? 나 엄청 멋있었어?

싹이 네가 말해.

아냐, 네가 해.

머뭇 머뭇

먼데 그래? 편하게 말해 줘.

난 오뚜기처럼 다시 일어날 거니까 괜찮아!

오뚝이 ⭕
오뚜기 ❌

갑자기 발딱 일어서는 모양. 또는 작은 물건이 높이 솟아 있는 모양.

오뚝이겠지. 일어났는데 바로 틀렸다, 왈.

앗!

그래도 앞으로 나아지겠지?

글쎄? 희망이 안 보인다, 왈.

너무해!

쿠 쿵

57

문방구T.V

2장

비슷하지만
다른 맞춤법

#13 가리키다 vs 가르치다

떠나자.

방구가 서서 잠꼬대를 해.

방구잖아.

아하.

그게 아니라, 처음에 말했던 맞춤법 여행을 떠나자고!

아, 깜빡 잊고 있었어.

근데 그걸 꼭 가야 해?

손 아파서 못 간다, 왈.

60

#14 낮다 vs 낳다 vs 낫다

다시 처음으로 돌아왔네.

맞춤법 여행은 어디로 가야 하는가?

당연히 모른다, 왈.

두둥

그걸 왜 그렇게 비장하게 말해?

답답하니까 그렇지!

선생님을 다시 찾아갈까?

도서관에서 책을 더 찾는 건 어때?

오오옴

낮다

높낮이나 능력 등이 보통에 미치지 못하는 상태.

'낮다'는 이런 뜻이야.

낳다

출산을 뜻하거나 어떤 결과를 이루는 것.

이건 '낳다'의 뜻이지.

낫다

병이나 상처가 고쳐지거나 '~보다 더 좋다' 라는 뜻.

땡땡이 네 말은 이게 맞아.

이걸 몰라?

실력을 더 키워서 와!

왈왈, 아르르르!

내가 실수를…. 다음에 다시 놀러 올게.

이겼다!

왈!

신나!

어?

내가 놀러온 거였나?

#15 업다 vs 엎다 vs 없다

땡땡이를
물리쳤다!

우리에게
적은 없어!

아자

자, 이제 맞춤법
여행을 떠나자!

왈왈!

척
척
척
척

갈 곳이
업는데?

그어어어.

업다

사람이나 동물
등을 부여잡고
등에 붙어 있게
하는 것.

가르륵.

없다

사람이나 물건
등이 실제로
존재하지 않는
상태.

그르르르.

엎다

물건을 거꾸로
돌려, 위가
아래를 향하게
하는 것.

그렇구나.

알려 줘서
고마워. 근데….

종이에 쓸 거면
물약은 왜 마셨어?

목소리를
기대했다, 왈!

신비의 물약을
그렇게 쓰지 마!

척

목이
말라서

#16 ~던지 vs ~든지

선착순 10명에게는 기념으로 아이스크림을 나눠 준다고 한다.

그어어어.

그렇게 봐도 우리는 몰라. '그어어어'가 뭔데?

똑바로 말해라, 왈.

그르륵.

파박

파바박

척

동쪽으로 산넘고 물을 건너 머나먼 길을 뚫고 가면 맞춤법 마스터가 살고 있는 집이 나온다는 전설이 있다.

72

~던지

지난 일을 생각하면서 그 일이 상황을 일으킨 원인이라고 추측할 때.

~든지

둘 이상에서 어떤 것이어도 상관없거나 어느 것이든 선택될 수 있을 때.

이렇게 다르다고!

마음속으로 생각한건데 어떻게 들은거야?

그냥! 위대한 끼야 님의 감이랄까.

중요한 건

좀비를 놀릴

기회라는 거지!

이제 진짜 가자!

….

와 아 아 아

쟤네랑 놀지 말아야겠다.

#17 짚다 vs 집다

산을 넘고

높아!

강을 건너

넓은데?

우리가 왔다!

하 하 하 하 하 하

짚다

벽이나 지팡이 등에
몸을 의지하거나
손으로 이마, 머리를
가볍게 누르는 것.

네가 말한
'짚다'는 이거고,

집다

손가락이나 발가락
또는 기구로 물건을
잡아서 드는 것.

'집다'는 이런
뜻이다, 왈.

포동

포동

어? 바견이가
통통해졌어!

고구마를
너 혼자
다 먹었어?

너무해!

깜짝

※주의!
강아지가 살이 찌지 않도록
고구마는 조금만 주세요.

끼잉.

이제 아이스크림을
먹으러 가자, 왈!

또 먹어?

뒤뚱

뒤뚱

조금 걸었는데
너무 힘들다, 왈.

헉

헉

#18 한창 vs 한참

다시
산을 넘고

강을
건넜더니

바견이가
지쳐 버렸어!

흘러내렸네.

여기서
어떻게
나가지?

너희는 누구니?

아저씨는 누구세요?

나는 물고기를 낚는 어부란다.

너희는 어디로 가던 길이니?

찌 란

맞춤법 마스터를 찾고 있어요.

혹시 누군지 아세요?

맞춤법 마스터?

아! 그런 사람이 옆집에 살았지.

하지만 이미 이사 갔어.

안 돼!

아이, 아까워!

그 사람이 쓴 책을 줄까?

주소가 적혀 있단다.

한창 더 가야 하지만 말이야.

#19 어떡해 vs 어떻게

그렇게 또 산을 넘고 그만해!

진짜 여기라고?

잘못 왔나?

방구 초등학교

우리 학교잖아.

이상하네.
왜 또 학교지?

책에 작가
사진이 있어!

선생님?

작가
선생님

이런, 결국
알아 버렸구나.

대체 어떻게
된 일이죠?

이 녀석!

꺄악!

아직도 맞춤법을 틀린단 말이냐!

어떡해

'어떻게 해'가 줄어든 말. 놀라거나 황당한 상황일 때 써요.

보아라. 이것이 '어떡해'!

어떻게

'어떻다'에 '~게'가 합쳐진 말. 방식이나 방법을 물을 때 써요.

이것이 '어떻게'!

아….

방구니까 틀릴 수도 있죠!

그것보다, 그냥 가르쳐 주지 왜 계속 돌아다니게 했어요?

맞아요! 엄청 힘들었다고요!

붙이다 vs 부치다

나는 너희가 스스로 맞춤법을 배울 수 있게 아무 말도 하지 않았다.

바견이 건강 때문이라더니.

선생님 말이 달라졌어.

들리게 소곤거리지 마!

아무튼! 그동안 맞춤법 실력이 많이 늘었을 거야.

아, 그건 상관없어요.

더 중요한 일이 있다, 왈왈.

맞춤법보다 더 중요한 게 있다고?

우리가 맞춤법 마스터를 찾아다닌 건

바로!

아이스크림을 준다고 해서입니다!

왈왈!

그래, 저런 아이들이지.

내가 헛된 기대를 했네.

아이스크림은 없어.

누가 그런 말을 해?

없, 없다니….

말도 안 돼!

쿠

쿵

그럼 맞춤법이나 가르쳐 주세요.

시무룩

….

휴, 내가 졌다.
택배로 붙일게.

선생님, 지금
뭐라고 하셨죠?

실수야!
이렇게 쉬운 걸
틀릴 리가 없지.

준비해.

좋아!

붙이다

맞닿아 떨어지지
않게 하거나
불을 일으켜
타게 하다.

'붙이다'는
이런 뜻이고,

부치다

편지나 물건을
다른 사람에게
보내다.

이게
'부치다'!

맞춤법 마스터를 이겼다!

정의는 승리한다!

정의라니, 난 악당이 아니야.

와 아

왈 왈

근데 방구야, 이제 맞춤법은 누구한테 배워?

나도 몰라?

그 생각을 못했어….

뭘 고민해?

내가 있잖아!

그건 아냐.

#21 매다 vs 메다

나는 왜 안 돼?

맞춤법 마스터를 이겼잖아!

우리가 같이 이긴 거지.

맞아!

끼야는 나랑 실력이 비슷하다, 왈.

'왈왈' 하는 녀석은 빠져.

왜! 왈왈! 왜! 왈왈왈왈!

그것도 몰라?

방심했구나, 끼야.

그런 실력으로는 맞춤법 마스터가 될 수 없어!

말도 안 된다, 왈왈!

뭘 틀렸는지도 모르나 본데?

머

엉

난 틀리지 않았어!

그렇다면 전문가를 불러야겠군.

나오세요, 왈왈!

결국 날 찾는군.

#22 반듯이 vs 반드시

무슨 일이든 자만하면 안 되는 법.

끊임없이 공부하거라.

솔직히 메달이랑 메다는 헷갈리잖아요.

역시 뻔뻔한 걸로는 끼야가 최고구나.

투덜 투덜

선생님, 노력했는데도 계속 틀리면 어떡해요?

추 욱

그냥 포기할래요.

방구야.

처음의 너는 지금보다 더 못했단다.

하지만 지금은 많이 발전했지.

포기하지 않고 공부하면, 분명 잘하게 될 거야.

선생님….

방구야, 우리 계속 해 보자!

도와줄게!

왈왈!

진짜?

네가 맞춤법 마스터가 된 다음에 나한테 넘겨!

그게 목적이냐?

여행을 다니니까 살이 빠졌다, 왈. 여행하는 거 좋아!

맞춤법이랑 전혀 상관 없잖아.

반듯이

물체나 생각, 행동이 비뚤어지지 않고 곧고 바른 상태.

'반듯이'는 이런 뜻이야.

반드시

틀림없이, 꼭. 어떤 어려움이 있어도 무언가를 해야 할 때 쓰는 말.

지금은 '반드시' 라고 써야 해.

알쏭달쏭 외래어

초콜릿 ◯
초콜렛 ✕

카카오 열매의 씨로 만드는데,
부드럽고 달콤한 맛이에요.

도넛 ◯
도너츠 ✕

밀가루에 설탕, 달걀 등을 넣고
반죽해 튀긴 과자예요.

주스 ◯
쥬스 ✕

과일이나 채소를 짜서 나온
즙이에요. 음료처럼 마시지요.

멜론 ◯
메론 ✕

달고 맛있는 과일이에요.
서양의 참외라고 불러요.

| 카페 ⭕
까페 ❌ | 음료와 디저트를 파는 곳이에요.
즐거운 시간을 보낼 수 있지요. |

| 케이크 ⭕
게익 ❌ | 주로 축하할 일이 있을 때 먹어요.
밀가루와 버터 등으로 만들지요. |

| 로봇 ⭕
로보트 ❌ | 자동으로 작업하는 기계예요.
사람과 비슷한 모양도 있어요. |

| 소시지 ⭕
소세지 ❌ | 으깬 고기를 길쭉한 모양으로
만든 음식이에요. |

알쏭달쏭 외래어

파이팅 ⭕
화이팅 ❌

누군가를 응원할 때, 힘내라는 뜻으로 외치는 소리예요.

수프 ⭕
스프 ❌

고기나 야채 등을 삶아 만든 즙에 소금, 후추를 넣은 요리예요.

돈가스 ⭕
돈까스 ❌

빵가루를 묻힌 돼지고기를 기름에 튀긴 요리예요.

액세서리 ⭕
악세사리 ❌

목걸이, 팔찌처럼 옷을 입을 때 꾸며 주는 장식품이에요.

소파 ⭕
쇼파 ❌

등받이와 팔걸이가 있는
길고 푹신한 의자를 말해요.

프라이팬 ⭕
후라이팬 ❌

소시지를 굽거나 달걀 프라이 등
다양한 요리를 할 때 사용해요.

케첩 ⭕
케찹 ❌

토마토에 식초, 설탕 등을 넣고
끓여 만든 소스예요.

리모컨 ⭕
리모콘 ❌

멀리 떨어져 있는 기계를
켜고 끌 수 있는 장치예요.

반짝반짝 순우리말

미리내
은하수
수많은 별이 강처럼 길게
흐르는 것을 비유한 말이에요.

꼬리별
혜성
하늘에서 빛나는 긴 꼬리를
만들며 움직이는 작은 천체예요.

별똥별
유성
빛을 내며 우주에서 지구로
떨어지는 작은 물체예요.

샛별
금성
태양과 달을 빼고
가장 밝은 별이에요.

마루	사물의 맨 위쪽이에요.
꼭대기	산 꼭대기나 일의 고비를 뜻해요.

가람	넓고 길게 흐르는 큰 물줄기로,
강	자연의 아름다움을 상징하지요.

누리	사람이 살고 있는 모든 사회를
세상	가리키는 말이에요.

해돋이	해가 수평선 위로 떠오르는
일출	순간을 말해요.

성화는 10명에게는 기념으로 에어스처럼 나눠 준다고 한다.

반짝반짝 순우리말

혜윰

생각

사물을 판단하고, 어떤 사람이나
일에 대한 기억이에요.

미쁘다

믿음직하다

매우 믿을 만하다는 말이에요.
진실하다는 뜻으로 써요.

가온

가운데

한쪽에 치우치지 않고
양쪽의 거리가 같은 부분이에요.

몽니

심술

자기 뜻대로 되지 않을 때
고집부리는 것을 뜻해요.

미르
용
하늘을 날아다니고 온갖 재주를
부리는 상상 속 동물이에요.

슈룹
우산
비가 올 때 쓰는 물건이에요.
펴고 접을 수 있지요.

볼우물
보조개
말하거나 웃을 때 볼에 움푹
들어가는 자국을 말해요.

고뿔
감기
코에 불이 난 것처럼 뜨거워서
'고뿔(코+불)'이 되었대요.

뚜식이의 과학일기

쉿! 뚜식이의 일기를 공개합니다!

원작 뚜식이 | 글 최유성 | 그림 신혜영 | 감수 및 과학 콘텐츠 이슬기(인지과학 박사) | 감수 샌드박스네트워크
188쪽 내외 | 값 각 14,000원

상상 초월! 호기심 폭발! 과학 스토리!

뚜식이와 뚜순이의 솔직하고 엉뚱한 일기를 통해
상상을 초월하는 재미는 물론 흥미진진한
과학 이야기를 만나 보세요.

엉뚱하고 귀여운 뚜식이의 일기 대공개!

구입문의 02-791-0708 (출판마케팅) 서울문화사

설거지 vs 설겆이

찌개 vs 찌게

거야 vs 꺼야

왠지 vs 웬지

송곳니 vs 송곳이

베개 vs 배게

곰곰이 vs 곰곰히

깨끗이 vs 깨끗히

금세 vs 금새

오뚝이 vs 오뚜기

트림 vs 트름

바람 vs 바램